ख़्वाहिशों का मेन्यू कार्ड

ख़्वाहिशों का मेन्यू कार्ड

रूबी मोहन्ती

प्रलेक प्रकाशन प्रा. लि.
Pralek Prakashan Pvt. Ltd.
in Associaton with JVP Publication Pvt. Ltd.

ISBN : 978-93-90916-48-1

पहला पेपरबैक संस्करण : अप्रैल 2021

प्रकाशक :
प्रलेक प्रकाशन प्राइवेट लिमिटेड
PRALEK PRAKASHAN PVT. LTD.

वितरक :
जेवीपी पब्लिकेशन प्राइवेट लिमिटेड
JVP PUBLICATION PVT. LTD.
602, आई-3, ग्लोबल सिटी
विरार (वेस्ट), मुम्बई, महाराष्ट्र-401303
दूरभाष : 9833402902 / 7021263557
Email : pralek.prakashan@gmail.com
Website : www.pralekprakashan.com

ख़्वाहिशों का मेन्यू कार्ड : रूबी मोहन्ती
Khvaahishon Ka Mainyoo Kaard: Ruby Mohanty

आवरण : जेवीपी पब्लिकेशन प्रा.लि.
पुस्तक सज्जा : प्रलेक प्रकाशन प्राइवेट लिमिटेड

श्रद्धेय मम्मी-पापा
को समर्पित

परिचय

नाम : **रूबी मोहन्ती**

जन्म : 19 दिसंबर 1974, मिदनापुर (प. बंगाल)

पिता : डॉ. आर. के. मोहन्ती,
पूर्व पुलिस महानिरीक्षक (मेडीकल)

माता : डॉ. राधा रानी

शिक्षा : एम.ए. (हिन्दी), गुवाहाटी विश्वविद्यालय,
एम.ए. (मानवाधिकार)
डिप्लोमा अनुवाद एवं पत्रकारिता

प्रकाशन : सम-सामयिक विषयों सहित महिला स्वास्थ्य, सौंदर्य, खान-पान, महिला विमर्श के मुद्दे एवं अन्यान्य सामाजिक विषयों पर देशभर के प्रतिष्ठित समाचारपत्र, पत्रिकाओं में पिछले 20 वर्षो में करीब 2000 आलेख, भेंटवार्ता, कवरस्टोरी आदि प्रकाशित।

कहानियां एवं कविताएं : कथा समय, कथा समवेत, हरिगंधा, दिल्ली क्वीन, वनिता, अभिनव प्रयास, साहित्य नेस्ट, आदि में प्रकाशित। आकाशवाणी दिल्ली, हैदराबाद, नजीबाबाद से प्रसारण। पिछले 16 वर्षों से मलयालम मनोरमा समूह की महिलाओं की लोकप्रिय हिंदी पत्रिका 'वनिता' में सेवारत। दो वर्षो तक जी-टीवी के हैदराबाद स्थित क्षेत्रीय न्यूज चैनल में समाचार वाचन एवं कम्पेयरिंग।

संप्रति : मुख्य उपसंपादक 'वनिता' हिन्दी, पहली मंजिल, उर्दू घर, 212, दीनदयाल उपाध्याय मार्ग, नई दिल्ली-110002

संपर्क : ई-1101, स्टेलर सिटीहोम्स, सैक्टर-ओमिक्रोन-3, ग्रेटर नोएडा-201310 (उ.प्र.)

मोबाइल : +91-9871583877, +91-8448723877

E-mail : ruby.mohanty@gmail.com

नारीमन की सुकोमल अनुभूतियाँ

'तन के भूगोल से परे. . .
रसोई से हटकर
बिस्तर से जुदा
मेरा भी
एक अस्तित्व है
पति परमेश्वर के बिना
एक कोख से अलग
कौन हूं मैं. . .?

यह सवाल 'भीतर की स्त्री' शीर्षक कविता में सुपरिचित कवयित्री रूबी मोहन्ती अपने प्रथम कविता संग्रह 'ख़्वाहिशों का मेन्यू कार्ड' में पूछती हैं। यह सवाल करोड़ों महिलाओं का सवाल है चाहे वे गृहिणी हों अथवा कामकाजी! यह सवाल उस सदियों से जारी संघर्ष का हिस्सा है, जिसके उत्तर के लिए कितने ही अभियान चलाए गए, आंदोलन हुए, क़ानून बने, साहित्य रचा गया। प्रश्न है, महिलाओं की पहचान का, अस्मिता का, सम्मान का। नारी विमर्श पिछले कुछ दशकों से साहित्य का, कविता का अनिवार्य अंग रहा है चाहे वह कोई भी भाषा हो। नारी सशक्तिकरण को स्वर देती अनेकानेक कविताएँ कवियों ने लिखी हैं और स्वाभाविक रूप से कवयित्रियों ने भी। यह भी सच है कि नारी सशक्तिकरण कोई कल्पना नहीं वरन एक ठोस सच्चाई है जिसे जीवन के हर क्षेत्र में हम महसूस कर सकते हैं किंतु यह भी सच है कि अभी भी बहुत कुछ किया जाना बाकी है। विविध स्तरों पर जो रचनाकार, नारी सशक्तिकरण के आदर्श स्वरूप के लिए, नारी की देवी या दासी की बजाए एक 'इंसान' के रूप में 'प्रतिष्ठा' के लिए, उसकी गरिमा के लिए लेखनरत हैं उनमें रूबी मोहन्ती का नाम भी शामिल है और 'ख़्वाहिशों का मेन्यू कार्ड' इसका प्रमाण देता है हुआ जीवन्त दस्तावेज है।

प्रस्तुत संग्रह में एक नारी के रोजमर्रा के जीवन की अनेकानेक छवियाँ, नारी मन की बारीक सुकोमल अनुभूतियों को पिरोने वाली जितनी कविताएँ मिलती हैं प्रायः कम ही संग्रहों में मिलती हैं। एक भारतीय नारी, माँ, पत्नी, बहन

या बेटी के रूप में अपने कर्तव्यों से कभी भी पीछे नहीं रहना चाहती है, हाँ वह इतना-भर चाहती है कि उसके परिश्रम, त्याग, बलिदान, समर्पण की सराहना चाहे न मिले, कम से कम से पहचाना तो जाए! उसे उसके हिस्से का समय, उसके हिस्से का प्रेम, मधुर व्यवहार तो मिले। उसकी प्रतिभा को भी निखरने का अवसर दिया जाए। कितनी ही प्रतिभावान महिलाएँ अपनी प्रतिभा की क्रूर हत्या होते देखती रहीं पर कटे पक्षी की तरह-

‘छटपटाते पंखों में पड़ी
निरीह दृष्टि से
सबको देखती माँ. . .
उन सबके प्रति
विद्रोहिणी भी कैसे होती
जो देते थे उसे दाना और पानी।

(माँ के पंख)

लेकिन जिन महिलाओं ने ‘दाना पानी’ स्वयं जुटा लिया अथवा पति से ऊँचा ओहदा अथवा वेतन भी जुटा लिया उसके जीवन में भी कोई विशेष बदलाव आया तो इतना कि उन्हें दो-दो मोर्चों पर जूझना पड़ा-

‘तुम्हें, टिफिन में
क्या पैक करके दूँगी
फ्रिज में रखी, सारी सब्जियाँ
तैर जाती हैं आँखों के सामने
जामन का कटोरा
दरवाजे की कुंडी. . .
बाथरूम में टपकता नल. . .
डरा देता है, बेसिन में इकट्ठा
जूठे बर्तनों का ढेर. . .!

(मैं कहाँ थी)

‘मेरे दफ्तर’ का समय
शुरू होता है तब,
जब
अलसुब्ह उनींदी आँखों से
औंधे मुँह पड़े होते हो तुम
बिस्तर में. . .’

डाइनिंग टेबल पर बैठे
छोटे बड़े, सभी ‘बॉस’

पलभर में खारिज कर देते हैं
मेरी. . .
दिनभर की मुलाज़िमत!

(मेरा तुम्हारा दफ़्तर)

कहने की आवश्यकता नहीं कि यह दफ्तर 'घर गृहस्थी' का दफ्तर है भले ही वह कामकाजी औरत के रूप में 'असली दफ्तर' भी संभालती हो! और असली दफ्तर की अपनी पीड़ाएँ, चुनौतियाँ, विडम्बनाएँ भी झेलती है–

'बहुत चिकना है इस आफिस का फर्श
ज़रा भी,
तेज़ चलने की कोशिश मत करना
वरना, गिरोगी औंधे मुँह
एक दिन
मैंने निःस्पृह भाव से
थाम ली थीं बैसाखियाँ. . .।

(बैसाखियाँ)

ऑफिस से कितने ही तनाव लेकर घर लौटने पर भी वह भरोसा, तसल्ली, सुकून की शीतल फुहार कहाँ हासिल हो पाती है–

'क्यों?
कब से?
कैसे?
किसके साथ?
कितनी देर?
कितनी बात?
उफ्फ. . .
जाने कितनी जवाबदेही. . .।

(यू टर्न)

जो महिलाएँ घरों की चारदीवारी में क़ैद कर दी जाती हैं अथवा स्वतः दूसरों का जीवन संवारने के लिए क़ैद हो जाती हैं उनकी अपनी ही पीड़ाएँ होती हैं। कितनी हसरतें, ख़्वाहिशें, आरजुएँ एक-एक कर दम तोड़ देती हैं. . .

'पंख कहाँ मिलते हैं, परदेसी
बोलो खरीदकर दोगे?
मैं उड़ना चाहती हूँ
अंबर से भी ऊँचे. . .।

(सुनो परदेसी)

अक्सर प्रेम की तलाश मृगमरीचिका बनकर रह जाती है। रिश्तों में एक

औपचारिकता, जड़ता पसर जाती है और कभी-कभी कड़वाहट भी. . .

'सब कुछ पहले जैसा नहीं रह जाता
तंज़ की तपिश से कुम्हलाने लगती है
प्रेम की तुलसी. . .
सूखने लगती हैं
संवाद की टहनियाँ
झुलस उठती हैं
स्नेह की कोमल पत्तियाँ. . .'

(पहले जैसा)

एक आम नारी के जीवन की कितनी ही चिंताएँ, स्थितियाँ, मनस्थितियाँ कविताओं में पिरोयी हुई मिलती। प्रस्तुत संग्रह की कविताओं में कवयित्री जीवन में प्रवेश कर गई 'आधुनिकता' को भी बखूबी चित्रित करती है। आधुनिक उपकरण जैसे मोबाइल फोन और उससे बदली हुई पूरे समाज की रोजमर्रा की जिंदगी स्वाभाविक है कि इस आधुनिकता ने भी अनेक विसंगतियों, विड़ंबनाओं को जन्म दिया है-

'पर अब
मधुमास के वो दिन
हवा हुए
उग आए हैं
कुकुरमुत्ते की तरह
कई शापिंग साइट ही नहीं
चैटिंग का निमंत्रण देते
कितने ही अनचीन्हें चेहरे भी. . .'

'ये कौन हैं,
जो तरह-तरह की ख़्वाहिशों के
मेन्यू कार्ड लिए खड़े हैं
फेसबुक, टिंडर और
व्हाट्सएप के चौराहे पर'

(ख़्वाहिशों का मेन्यू कार्ड)

महानगरीय जीवन में आधुनिकता की चपेट में खोई हुई अनेक सुविधाओं की पीड़ा भी कुछ कविताओं में व्यक्त हुई हैं। जैसे फ्लैट कल्चर में खो गई 'छत'-

'यूँ तो
हमेशा ही चाहा है मैंने

एक छत वाला घर
लेकिन
सर्दियों में यह चाहत
और भी गहरा जाती है'
धूप के दोशाले में
उस्माने की हसरत लिए
पसर जाती हूं
रूम हीटर के आगे. . .

(छतवाला घर)

इस काव्यसंग्रह में कुछ प्रेम कविताएँ भी, बहुत खूबसूरत बन पड़ी हैं। समाज में प्रेम के निरंतर क्षरण के दौर में कविताओं में भी प्रेम का अभाव होता गया है। ग़ज़ल जैसी विधा, जिसके केन्द्र में कभी प्रेम होता था, अब पूरी तरह बदल चुकी है। इस परिदृश्य में संग्रह की प्रेम कविताएँ एक सुखद अहसास कराती हैं–

'तुम्हारी भीगी-सी हँसी में
बिंध जाता है
मेरा हर सन्नाटा
और बह उठती हूं मैं
मदमाते झरने सी'

(तुम्हारी हंसी)

पलटने लगी
यादों के पन्ने
मन, फिर गुलाबी हो गया
एक बूंद
तेरे इश्क की
पी कर
समन्दर हो गई

(एक बूंद)

बसी रहती है यूँ ही
मेरे नथुनों में,
मेरी सांसों में
और. . .मेरी उद्दाम
अनुभूतियों में
तुम्हारी देह की गंध

(देह की गंध)

संग्रह की कुछ कविताएं जीवन के उन विविध अनुभवों को समेटती हैं, जो प्रायः हम सभी महसूस करते हैं। कुछ व्यक्तिगत-सी प्रतीत होती कविताओं में भी हम अपने आसपास के परिवेश या पात्रों की झलक पा जाते हैं-

'बूंद-बूंद समेटा था उसने
ज़हर को
समाज का ज़हर
मतलबी दोस्तों का ज़हर
यानी-
ज़िंदगी के हर अंधेरे पहलू का ज़हर

(ज़हर)

प्रेम में बौराई औरत,
तय ही नहीं कर पाती
ये खूबसूरत इश्क कितने वक्त के लिए है
पकाने लगती है ख़्वाबों का सालन
तैयार करती है दस्तरख़्वान
और. . .दे डालती हैं निमंत्रण

(एक उम्र में)

कुछ कविताओं में बहुत सुंदर शब्द चित्र उकेरे गए हैं। प्रकृति प्रेम कवयित्री की लेखनी से कुछ सुंदर-सी कविताएँ रचाता है जिनमें पाठक भी उन दृश्यों के आनंद में डूब जाता है। रिश्तों से जुड़ी कविताएँ भी प्रभावित करती हैं। कुछ कविताओं में उपयोगी संदेश संजोए हुए मिलते हैं-

लंबे लंबे
डग भर कर चलने में
मंजिल को पाने की
ज़िद होती हैं. . .
लेकिन छोटे-छोटे
कदमों में
महसूस होती है
ज़िंदगी की गति. . .

(सफ़र)

'ख़्वाहिशों का मेन्यू कार्ड' की कविताएँ अत्यंत सरल सहज शब्दों में बातचीत की शैली में हैं जो सीधे-सीधे पाठकों के मन तक पहुँचती हैं, लेकिन इनमें खूबसूरत नए-नए बिम्ब पिरोकर कवयित्री इन कविताओं को अनूठा सौंदर्य और आकर्षण प्रदान करती है। आइए, कुछ बिंबों की झलक देखते हैं-

इतने बेरंग और तानाशाह शब्द
कि रिश्तों के स्क्रीन की
पिक्चर ट्यूब ही बिगड़ने लगी थी-

(यू टर्न)

कल, बंद पलकों के हथकरघे पर
देर रात तक बुनती रही
ख़्वाबों की चादर

(कल रात)

संवलाई शाम
मटमैला सूरज
अलसायी धूप
उदास आंगन
फूलों के रंग भी फीके. . .

(उम्मीद)

'ख़्वाहिशों का मेन्यू कार्ड' की कविताओं में आम भारतीय नारी की ख़्वाहिशों के तो मेन्यू कार्ड हैं ही, समय और समाज की ख़्वाहिशों के भी मेन्यू कार्ड शामिल हैं-

'जरूरत है
कोई तो आए रंगों का चितेरा
लिए विश्वास की नव तूलिकाएं
जो उकेरे सुर्ख़ रंग से
नवसृजन की कल्पनाएँ. . .

(कैनवास हूँ मैं)

सहज संवाद करती कविताओं का संग्रह 'ख़्वाहिशों का मेन्यू कार्ड' हिन्दी कविता को एक प्रतिभावान, समर्थ कवयित्री 'रूबी मोहन्ती' के रूप में एक मूल्यवान उपहार देने जा रहा है और हिन्दी के कविता प्रेमी तथा समीक्षक दोनों ही इस कवयित्री तथा उसकी कविताओं का स्वागत करेंगे ऐसी अपेक्षा भी है, विश्वास भी।

लक्ष्मीशंकर वाजपेयी
पूर्व अति. महानिदेशक, आकाशवाणी, दिल्ली

अभिनव कविता

कविता, अकविता, छंदमुक्त कविता, मुक्तछंद कविता, नई कविता के बाद इस यात्रा का अगला पड़ाव 'अभिनव कविता' के रूप में चिन्हित किया जाना चाहिए। इस विधा में कुछ शिल्प एवं शैलीगत परिवर्तन आये हैं, जिनका प्रयोग रचनाकारों ने किया है परंतु अभी हिंदी के सुधी समीक्षकों ने इसका संज्ञान नहीं लिया है।

सुश्री रूबी मोहंती उड़िया, असमी, बांग्ला, अंग्रेजी आदि अनेक भाषाओं की जानकार हैं और हिंदी कविता के क्षेत्र में प्रकाशित रूप में नया नाम है। कवयित्री का यह संग्रह लघु-कविताओं से लेकर लंबी कविताओं तक लगभग पांच दर्जन से भी अधिक कवितायें समाहित किये है।

'अभिनव कविता' जैसा अभिदान (नाम) हमने इन कविताओं की प्रकृति, तकनीक, शिल्प और शैली को देखकर दिया है। इसका कारण इस संग्रह की अधिकतर रचनायें 'अभिनव कविता' के सांचे में फिट बैठती हैं। इनमें अभिनव बिम्ब योजना है, प्रतीकों, उपमानों की भी अभिनव योजना है।

इस अभिधान का आधार एक लड़की को लिया जा सकता है जिसका नाम बेबी रखा गया और वह बड़ी हो गयी। उसकी बेटी भी बेबी, फिर उसकी बेटी भी बेबी? इसी तरह नई कविता, नवगीत, नई कहानी, आखिर कब तक?

समीक्षकों को इस नामकरण को समझना चाहिये, चर्चा में लाना चाहिये। कवयित्री रूबी मोहन्ती 'वनिता' जैसी महिलाओं की पत्रिका के संपादन से जुड़ी है। राष्ट्रीय राजधानी क्षेत्र में रहती है। शायद यह हिंदी साहित्य की एक नई विधा के रूप में एक आंदोलन को जन्म दे सके।

आशीर्वचनानि. . .

हिंदी कविता जगत में स्वागत हो। ऐसी शुभकामनाओं के साथ।

डॉ. शंकर लाल शर्मा 'क्षेम'
से.नि. हिंदी विभागाध्यक्ष
आर.एस.एम. कॉलेज, धामपुर (रुहेलखण्ड विश्वविद्यालय, बरेली)
पूर्व कार्यकारिणी सदस्य, उ.प्र. हिंदी संस्थान
उ.प्र. भाषा संस्थान, लखनऊ

ख़्वाहिशों का सफ़र

पापा मूलरूप से उड़ीसा के और माँ बंगाली। कभी समझ न आया कि किसी के पूछे जाने पर खुद को क्या बताऊं? अक्सर मैं पापा से पूछती- 'हम कहाँ के रहने वाले हैं? हमारी भाषा, हमारा धर्म क्या है?' जवाब मिलता था- 'हम भारत के रहने वाले हैं, हिंदी हमारी भाषा है और मानवता हमारा धर्म।' ये बात बचपन से मेरे ज़हन में अमरवाक्य की तरह बस गई। उड़िया, बंगाली, असमिया भाषा जानने के बावजूद हिंदी के प्रति प्रेम का अंकुर संभवतः यहीं से फूटा।

पापा 'सेना चिकित्सा सेवा' में उच्च अधिकारी थे। जहाँ उनकी पोस्टिंग होती, परिवार भी उनके साथ जाता। मणिपुर, अजमेर, जम्मू, चेन्नई, नीमच, गुवाहाटी, हैदराबाद और अंत में दिल्ली। हर 3-4 साल के बाद, मेहनत से सजाये और जमे-जमाये सरकारी अवास से उखड़कर किसी भी नई जगह बसने के लिए हम-सब अपने लोहे के काले बक्सो के साथ तैयार रहते। बार-बार की इसी कवायद से शायद जीवन में ठहराव, एक अदद घर की चाह और किसी दोस्त की कमी शुरू से खली।

पापा की पोस्टिंग से मिली खानाबदोशों-सी जिन्दगी में केंद्रीय विद्यालय से बारहवीं तक की शिक्षा के बाद, बी.ए. और एम.ए. गुवाहाटी विश्वविद्यालय से किया। अंग्रेजी मीडियम से पढ़ाई पूरी करने पर भी हिंदी में एम.ए. करना, घरवालों और सहयोगियों के लिए आश्चर्य की बात रही। पर मुझे अपने हिंदी प्रेम पर हमेशा गर्व रहा। लगता था जैसे मैंने कोई बड़ा काम किया है।

जीवन के अनुभवों के साथ-साथ अलग प्रांतों की संस्कृति, खानपान, कला और भाषा जानने का मौका मिला। भावों को कविता में पिरोने की शुरुवात ग्यारहवीं कक्षा से हुई। पहली कविता अंग्रेजी में 'बटरफ्लाई' थी। उड़ीसा में समुद्र के नजदीक ठाकुर माँ (दादी) का गाँव, प. बंगाल में सागर की लहरों से अठखेलियाँ करता दीदी माँ (नानी) का गाँव और पापा की हरेक पोस्टिंग में शहर की हलचल से दूर जंगल, पहाड़ या नदी किनारे सी.आर.पी.एफ. कैम्प

स्थित हमारा बड़ा-सा घर. . .। शायद यही वजह है कि प्रकृति के हर दिलकश मंज़र-सागर, मोर, फूल, बादल, जुगनू, मछली, कोयल, सूरज और चांद से बतियाते उम्र का एक लम्बा दौर बीता। ये ही सब के सब कहीं न कहीं मेरी कविताओं की गुमटी में भी आलथी-पालथी मारकर आ बैठे हैं। अब बचपन के दोस्तों को भी कोई छोड़ता है भला! हाँ, मैं यह स्वीकारती हूं कि पहाड़ और बर्फ से मेरा लगाव कुछ-कुछ दीवानगी-भरा है।

1998 में हैदराबाद के दैनिक स्वतंत्र वार्ता में उपसंपादक के साथ ही 'ज़ी' टीवी में न्यूज रीडिंग के माध्यम से पत्रकारिता की संघर्षभरी दुनिया में कदम रखा। हैदराबाद में रहने के दौरान ही वहाँ के अखबारों और कई हिंदी पत्रिकाओं में छपी जिस एक शख़्स की रूमानियतभरी कविताओं ने मेरे युवामन को बांध लिया, ऐसे शख़्स यानि मनोज अबोध से पहली मुलाकात फरबरी 2000 में दिल्ली के विश्व पुस्तक मेले में हुई और मैंने उन्हें 'मनु' संबोधन दिया। इसी साल पापा की पोस्टिंग दिल्ली हो गई। हैदराबाद छोड़ दिल्ली आना हुआ। न जाने कौन-से खूबसूरत लम्हे में मनु के साथ जिन्दगी गुजारने का फैसला कर लिया।

मनु से मिलकर मेरी कविताओं को नया आयाम मिला। प्रेम, समर्पण और स्त्री पुरुष संबंधों को शब्दों का आधार मिला। दिल्ली में फिर नए सिरे से नौकरी की कवायद शुरू हुई। एक परिचित के साथ नामवर सिंह जी से मुलाकात हुई, उन्होंने जल्दबाजी न करने की सलाह दी, कहा-पहले इस शहर को जान जाओ। शुरूवाती दो साल मनु की फीचर एजेंसी 'मंथन फीचर्स' को संभाला और देशभर के सभी प्रतिष्ठित अखबारों में सैंकड़ों आलेख प्रकाशित हुए। 'हिन्दुस्तान' समूह में मृणाल पाण्डेय और अरविन्द मोहन जी का सहयोग मिला। विजय किशोर मानव जी ने 'हिन्दुस्तान' के लिए पूरे-पूरे पृष्ठ की कई चर्चित कवर स्टोरी कराई तो दिल्ली के पत्रकार-साहित्यकार गलियारों में थोड़ी पहचान बननी शुरू हुई। इसी सिलसिले में कमलेश्वर और राजेन्द्र यादव जी जैसी कई हस्तियों से मिलने और सीखने का मौका मिला। नौकरी से जुड़ी परेशानियाँ, संघर्ष और अनुभव भी धीरे-धीरे कविताओं में अपनी जगह बनाने लगे। आसपास के लोग, उनकी परेशानी, उदासी और खुशी सभी मेरी कलम में समाहित हुए । इसलिए मेरी कविताएँ, सिर्फ मेरी नहीं बल्कि आपकी, उनकी और सभी की हैं। इन कविताओं में मेरे व्यक्तिगत अनुभव कम, आम स्त्री पुरुष की भावना-प्रधान जद्दोजहद ज्यादा है।

2005 में मलयालम मनोरमा समूह की हिंदी पत्रिका 'वनिता' में नियमित नौकरी की शुरूवात हुई। इस 16 साल के लंबे अरसे में संपादक रश्मि काव के साथ काम करने का अपना ही सुख रहा। उनके सानिध्य को शब्दों में बाँधना

मुश्किल है। भाषा में कुछ नया सीखना, शब्दों के साथ खेलना और हमेशा कुछ नया करने का जज़्बा मुझे उन्हीं से मिला। 'वनिता' के मेरे सभी सहयोगियों का भी शुक्रिया जिन्होंने हिन्दी के प्रति मेरे हौसले को हमेशा बढ़ावा दिया।

मनु से विवाह के बाद पारिवारिक जिम्मेदारियाँ और किश्तों में मिला वैवाहिक सुख भी खुद-ब-खुद कविता का विषय बने। जब तक हम एक साथ नहीं रहने लगे, मैंने क़तरा-क़तरा यौवन की दहलीज अकेले ही पार की। इसीलिए कई बार मैं अपनी कविताओं में आपको तारो की छाँव में टहलती मिलूंगी, तो कभी रोमानी पल जीती, यादों के पन्ने पलटती और विरह के तट पर खुद में खोई मिलूंगी। इन कविताओं में आपको प्रेम, रुमानियत, अकेलापन, संघर्ष और उम्मीद की झलक देखने को मिलेगी। क्योंकि ये भावनायें सिर्फ मेरी नहीं, बल्कि तमाम उन स्त्रियों की भी हैं जो शहर में अकेले संघर्ष के साथ अपनी जगह बनाने की कोशिश कर रही हैं। बड़ी बातों, बड़े संघर्ष और स्त्री के अकेलेपन को छोटी-छोटी कविताओं के माध्यम से मैंने आपके सामने रखने का साधारण-सा प्रयास किया है।

मनु के साथ दिल्ली की प्रतिष्ठित काव्य-गोष्ठियों में जाती तो रही परन्तु दिग्गजों के सम्मुख कुछ सुनाने में मेरे संकोच को आदरणीय लक्ष्मी शंकर वाजपेयी जी ने अपने अपूर्व स्नेह से दूर किया। वाजपेयी जी के निरंतर प्रोत्साहन के परिणामस्वरूप ही मेरी कविताएं आप सबके सामने पुस्तक रूप में आ पाई हैं। आदरणीय लक्ष्मी शंकर वाजपेयी जी के आशीर्वाद के प्रति आभार प्रकट कर मैं उऋण नहीं होना चाहती। मेरे प्रति अगाध स्नेह और प्रशंसा का भाव रखने वाले श्रद्धेय शंकर जी (प्रकाण्ड भाषाविद् डॉ. शंकर लाल शर्मा 'क्षेम') का आशीर्वाद मेरी धरोहर है। अग्रज साहित्यिक मित्रों में डॉ. हरीश नवल, नरेश शांडिल्य जी, बड़के भैया ताराचंद नादान जी, ममता किरण जी, अल्का सिन्हा जी, अनिल मीत जी, डॉ. आशीष कंधवे, सपन भट्टाचार्य जी और शशिकांत जी ने खुले मन से हमेशा मेरा हौसला बढ़ाया है। पितातुल्य स्नेह रखने वाले स्व. सर्वेश चंदौसवीं की कमी आज शिद्दत से खल रही है।

प्रलेक प्रकाशन समूह, मुम्बई और इत्तेफाकन मित्र बने इसके प्रमुख, जितेंद्र पात्रो जी का हृदय से धन्यवाद कि उन्हीं के माध्यम से इन कविताओं ने एक खूबसूरत संग्रह की शक्ल ली।

-रूबी मोहन्ती

अनुक्रम

भ्रूण

मेरा भ्रूण. . .
मेरी कलम है
जीवन के अनुभव हैं-
इसके हाड़, रक्त, मज्जा. . .
मेरे वजूद की पहचान के लिए
इसका जन्म होना है-
एक किताब के रूप में
गर्भावस्था के कई क्षणों में
महसूस करती हूँ
इसके कुलबुलाते हुए पन्ने. . .
इन्हें पलटते हुए
कई महीने बीत गए. . .
मेरी प्रसव पीड़ा
अठारह घंटे की नहीं. . .
शायद. . .
अठारह साल से भी ज्यादा की है. . .
क्योंकि
ये है एक टेस्टट्यूब बेबी
जिसमें. . .अभी बहुत से
लंबे और कठिन प्रयोग
बाकी हैं।

तुम्हारी हँसी

चौंक जाती है
हर आहट पर
मेरी अनकही ख़ामोशी!

तुम्हारी
सौंधी-सी हँसी
बिखर जाती है
पलाश के फूलों की तरह
मेरे हृदय आँगन में!
देने को मुझे आमंत्रण

तुम्हारी भीगी-सी हँसी से
बिंध जाता है
मेरा हर सन्नाटा

और
बह उठती हूँ मैं. . .

मदमाते झरने-सी!

कभी सोचा होता

शायद वह. . .
कभी सोच ही नहीं पाया
कि. . .
उसके आने से पहले
कैसे. . .
हर बार जाग जाती हैं
मेरी सुप्त हसरतें!

और मैं. . .
अपनी शिकायत का इरादा बदल कर
रीझ जाती हूँ
उसकी मुस्कुराती आँखों पर. . .

कैसे मेरी गुम हँसी
बदल जाती है कहकहो में
और रौशन हो उठता है
प्रेम. . .
घर के हर कोने में।

वह कभी
इतना भी नहीं सोच पाया
कि. . .
उसके जाने के बाद. . .
बिस्तर की चादर से
प्यार की तहें खोलना

होता है कितना मुश्किल. . .
सिलवटों से उठती
उसकी देह-गंध
कैसे निःशब्द कर देती है
मेरी उदास उत्तेजना को।

सिरहाने पड़े
अधूरे ख़्वाब
किस तरह फिर से
करने लगते हैं उसका इंतज़ार. . .

शायद,
वह कभी
सोच ही नहीं पाया!!
शायद. . . . .

ख़्वाहिशों का मेन्यू कार्ड

यूँ तो
कहने के लिए
मैं होती हूँ
तुम होते हो. . .
लेकिन, साथ में चल रही होती है
एक और भी दुनिया. . .
हमारे मोबाइल स्क्रीन पर

कौन हैं ये अनचाहे लोग?
जो धीरे-धीरे मेरे और तुम्हारे बीच
पसर गए हैं. . .
बिल्कुल अमरबेल की तरह।
इन आभासी रिश्तों का
कोई चेहरा नहीं है. . .
सिर्फ़ घुसपैठिए हैं
जो हर सुबह
चाय की चुस्कियों के साथ
लगाते हैं सेंध. . .
कभी. . .रात के तीसरे पहर
तुम्हारी अँगुलियाँ
फिसलती थीं
मेरी नर्म
मुलायम जुल्फ़ों में. . .
झूला करती थीं मेरी बाहें. . .
तुम्हारे काँधो पर

और अक्सर,
हम. . .
खो जाया करते थे
पुरानी हिंदी फिल्मों के
दो गुलाबों के मिलन की तरह!

पर अब
मधुमास के वो दिन
हवा हुए. . .
उग आये हैं कुकरमुत्ते की तरह. . .
कई शॉपिंग साइट ही नहीं
चैटिंग का निमंत्रण देते
कितने ही अनचीन्हें चेहरे भी. . .
न चाहते हुए भी
अब तो
रात में भी चलती हैं
सिर्फ़. . .मोबाइल पर अँगुलियाँ. . .
मन तो होता है. . .
दमकती नियॉन लाइटों के बीच
अपने लिए एक टेबल
बुक करने का. . .

पेट भरा है पर. . .
मन अशांत है
ये कौन हैं
जो तरह-तरह की ख़्वाहिशों के
मेनू कार्ड लिए खड़े हैं. . .
फेसबुक, टिंडर और
व्हाट्सएप्प के चौराहे पर?

सच कहूँ . . .
सीने पर किताब रख कर सोये
ज़माना गुजर गया. . .।

तुम नहीं जान पाओगे

तुम नहीं जान पाओगे!
सचमुच. . .
जान ही नहीं पाओगे
कि / तुमने क्या खो दिया है।

ज़िंदा रहने के लिए
कितनी जरूरी है ऑक्सीजन
ये हम जान ही नहीं पाते
नाइट्रोजन और कार्बन डाई ऑक्साइड के
मिले जुले वातावरण में
साँस लेते हुए।
दौड़ते हैं गाहे-बगाहे
स्पेशलिस्ट के पास
तो कभी कंसलटेंट के पास. . .
लेकिन नहीं रिकॉल कर पाते
अपनी मेमोरी में
एक सरल-सा सूत्र. . .
कि / कौन-सा रिश्ता
ऑक्सीजन था?
जिसके खोनेभर से
घुटने लगा है दम!

एक रिश्ते की मौत

मैंने कहा-कुछ थोड़ा-सा. . .
तुमने सुना-कुछ और ज़्यादा. . .
ले लिया मधुर आकार. . .
हमारे रिश्ते ने।
खिलने लगे
रिश्ते की क्यारी में सोनचंपा के फूल. . .

मैंने कहा-
वही. . .कुछ थोड़ा-सा
पर, उन्होंने सुना-कुछ और ज़्यादा!
फिर. . .
किसी ने कहा-थोड़ा और ज़्यादा. . .
तुमने सुना-
उससे भी और. . .ज़्यादा!
तेजाबी बारिश की चंद बूँदे पड़ीं
टप-टप करके गिरने लगे फूल सोनचंपा के. . .
और रिश्ता. . .
निष्प्रभः हो गया. . .
उग आई नागफनी
बंजर होती गई रिश्ते की क्यारी. . .

सायास हमारा प्रेम
तब्दील हो गया सूखी नदी में. . .

अब हम दोनों ही. . .

सुनने लगे!
और वे. . .बढ़-चढ़ कर
आमादा थे
हमें सुनाने को!!

कुछ कुछ ठगे से खड़े थे हम!!
फड़क रही थी
हमारी जुबान. . .
भाव-शून्य
अनमने चेहरे से
हम दोनों ही
बढ़ रहे थे आगे. . .
साजिशों की तेजाबी बारिश में विलीन
मधुर रिश्ते की मृत-देह उठाए!
जहाँ अब हमारे पास
खोने और पाने के लिए
कुछ नहीं था,
कुछ भी तो नहीं. . .।

इस शहर में

माँ!
इस शहर में
अकेले रहने का फैसला
मेरा नहीं. . .
कुछ. . .कुछ तुम्हारा भी था. . .

तुम भी चाहती थीं
मेरे माध्यम से
अपने वजूद को मजबूत देखना
सिर्फ़ अच्छी नौकरी नहीं
अपना घर और सुरक्षा भी. . .
इस लक्ष्य प्राप्ति के लिए
तुम भी तो जागती रहीं
रात–रात भर मेरे साथ
परीक्षा की तैयारियों में

आज मैंने साकार किए हैं
वे सारे सपने. . .
जो कभी देखे थे
तुमने–
अपने लिए. . .

एक बूँद

कमरे का
गुमसुम अँधेरा
मद्धिम लौ में भीग गया!

पलटने लगी
यादों के पन्ने. . .
मन
फिर गुलाबी हो गया!

एक बूँद. . .
तेरे इश्क की
पी कर
समन्दर हो गई!

जाम पर जाम चलते रहे
और. . .
सुबह हो गई!

देह की गंध

हाँ, तुम्हारी देह की गंध हर बार. . .
भिगो देती है मेरे मन का हरेक कोना. . .

तुम्हारे जाने के बाद
हर बार खोजती हूँ उसे
बिस्तर की सिलवटों में. . .
ईज़ी चेयर पर पसरे तहमद में
पहना था जो तुमने. . .

और देह की वो गंध हर बार. . .
कराती है अहसास. . .
तन की संकरी सीढ़ियों से
उतरकर मन के
उस पार जाने का. . .

तुम न भी मिलो हर बार. . .
लेकिन, बसी रहती है यूँ ही

मेरे नथुनों में. . .
मेरी साँसो में. . .
और. . .
मेरी उद्दाम अनुभूतियों में

तुम्हारी देह की गंध. . .!

घड़ी की सुइयाँ

पता नहीं कब
उसकी ज़िंदगी हो गयी-
घड़ी की सुइयाँ!

रिश्तों में सहजता
ढूँढ़ते-ढूँढ़ते गुज़र गयी उम्र. . .
इसका आभास
उसे है तो. . .

फिर भी मजबूरियों और
जिम्मेदारियों के आगे
ये रफ़्तार हमेशा
धीमी लगी उसे।

वक़्त की लुका-छिपी के बाद
वह मिला तो
पर, अपने पुराने कलैंडर के साथ. . .

जानता वो भी है
तारीख़ों का ब्यौरा नहीं,
मुझे चाहिए सिर्फ़ कुछ पल

तारीख़ों से जुदा. . .
जो मेरे हों
सिर्फ़ मेरे. . .!!

मौन इच्छाएँ

कई बार मन में आया
ज़ाहिर करूँ तुम पर. . .
लापरवाह शब्दों के जाल में बुनी
अपनी इच्छाएँ
लेकिन,
कह नहीं पाई।

तुम्हारी विवशता
हर बार
मेरे शब्दों के मुँह पर
लगाती रही
टाँके।

और फिर. . .
मौन हो गई
मेरी इच्छाएँ
पैबंद बनकर
मन के
अंतरपृष्ठों पर।

अब भी
जब कभी
यूँ ही
फिराती हूँ अँगुलियाँ
तो उभर आता है अक्सर

एक पैबन्द. . .
मौन इच्छाओं का

जिसके
उधड़ते टाँकों के पीछे
दिखता है आज भी
कुलबुलाता
मेरा मन।

जिसे विश्वास है
कभी न कभी तो
जरूर टूटेंगे
तुम्हारी विवशता के टाँके
और फिर से. . .
साँस ले सकेंगी
मेरी मौन इच्छाएँ. . .!

माँ के पंख

कहते हैं पिताजी–
मेरी माँ, अच्छी माँ
साबित नहीं हुई
क्योंकि, पिताजी के कहने पर भी
उन्होंने नहीं काटे थे
मेरे पंख. . .
दी थी मुझे उड़ने की अनुमति
स्वच्छंद आकाश में!

हाँ, उड़ने की उत्कट इच्छा
मुझे माँ से ही मिली थी
वो, चाह कर भी
कभी उड़ नहीं सकी थी

उसके पंख तो
कभी के काट दिए थे
पिताजी ने!

छटपटाते पंखों में पड़ी
निरीह दृष्टि से
सबको देखती माँ. . .

उन सबके प्रति
विद्रोहिणी भी कैसे होती
जो– देते थे उसे दाना और पानी!

यूँ ही रातों में

हाँ, चाहती हूँ मैं. . .

रातों में बैठकर
कोई, बात करे देर तक. . .
खिलखिला कर चहके
मेरे साथ. . .
और फिर यूँ ही. . .
अँगुलियों की पोरों से
चौपाई लिखे
मेरी पलकों पर!
हाँ, चाहती हूँ मैं. . .

रातों में बैठ कर
कोई, ख़ामोश रहे देर तक. . .
महसूस करे अँधेरे को
मेरे साथ. . .
और फिर यूँ ही. . .स्पर्श करे
मन की गहराइयों से
मेरे हृदय की रेखाओं को!
हाँ, चाहती हूँ मैं!!

आत्मसात

तुम्ही
संज्ञा हो
और. . .
सर्वनाम भी. . .

विशेषण से सजाया तुम्हें!

शब्द हो
और वाक्य भी. . .

अनुच्छेद में बाँधा तुम्हें!

पंक्ति हो
और कविता भी. . .

महाकाव्य बनाया तुम्हें!

पठनीय हो
और पढा भी. . .

आत्मसात किया तुम्हें!

कैनवास हूँ मैं. . .

पुराने पड़ गए हैं रंग मेरे
जमने लगी हैं पपड़ियाँ
चटक कर बिखरने लगे हैं
इंद्रधनुषी व्यंजनाओं के कथानक!

नहीं टिक पा रहे हैं
ओज खोते मौलिक धरातल पर
दिखावी सज-धज के मुलम्मे!

ज़रूरत है-
कोई तो आए रंगों का चितेरा
लिए विश्वास की नव तूलिकाएँ
जो उकेरे सुर्ख़ रंग से
नव सृजन की कल्पनाएँ
चिर मिलन की अल्पनाएँ!

तब सजूँगा बहुत ऊँचे
फिर उसी दीवार पर
द्विगुणित आयु लिए मैं. . .
हाँ, कैनवास हूँ मैं!

परिस्थितियाँ

जीवन में
कुछ परिस्थितियाँ हैं
जो
बदलती ही नहीं. . .

हालांकि,
कुछ तो प्रयोग
जरूर हुए होंगे
बदलने के लिए. . .

कुछ प्रयोग
कभी नहीं हुए होंगे
और
कुछ तो. . .

सोचे ही नहीं गए होंगे. . .

सुनो परदेसी!

पंख कहाँ मिलते हैं, परदेसी!
बोलो, ख़रीद कर दोगे?
मैं उड़ना चाहती हूँ
अंबर से भी ऊँचे. . .

वक़्त कहाँ ठहरता है, परदेसी!
बोलो, पता ला कर दोगे?
उसे मैं रोकना चाहती हूँ,
तुम्हारे दर पर आने तक. . .

ये आँसू क्यों गिरते हैं, परदेसी!
बोलो, सब मुझे दोगे?
सबके-सब लेना चाहती हूँ,
आँखों के पोर सूखने तक. . .

प्रेम कैसे देते हैं, परदेसी!
बोलो, क्या मुझे दोगे?
ढेर-सा लेना चाहती हूँ,
देना चाहती हूँ
अंत तक
अनंत तक. . .

अख़बार हूँ मैं. . .

अख़बार हूँ मैं. . .

जिसमें
सुर्खियाँ बनते. . .
कुछ छीटें हैं
काली स्याही के. . .

अंकित हैं
भावशून्य
कुछ रेखाचित्र भी
आड़े तिरछे. . .

जिन्हें आप. . .
केवल पढ़ रहे हैं!

काश!
कि, पढ़ने के
साथ-साथ
महसूस भी किया होता!

सीमाएँ

मैंने
कल से

अपने
हँसने-बोलने
और
सुनने की
सीमाएँ
तय कर ली हैं।

इसलिए जब

सब हँसेंगे
मैं उन्हें सुनूँगी. . .
सब बोलेंगे
मैं हँसूगी. . .
और जब
मैं बोलूँगी

सबको सुनना होगा!

रुई के फूल

घाटी में बिछी है
नरम घास की
मखमली हरी चादर!

ग्लेशियर से
पिघल रहा होगा शायद,
सफेद मोमिया बर्फ़!

बाग,चश्मे और झीलों से
छलकने लगा है यौवन
नई नवेली दुल्हन का!

रंग-बिरंगे डहलिया पर
इठलाने लगी हैं तितलियाँ!

सर्द हवाओं का
सरसराता आँचल
झुरझुरी-सी भर जाता है
देह में!

झुरमुट में डूबी
पहाड़ी पगडंडी से आती
खच्चरों के गले में लटकी
घण्टियों की रूनझुन
बता रही है-

घाटी में हौले-हौले
उतर रही है
सँवलाई शाम. . .
सर्द हवाओं के परों पर
तैरने लगे हैं
रुई के फूल. . .

शायद फिर बिछी होगी
अगली सुबह
घाटी में
रुई के
सफेद फूलों से बुनी
बर्फ़ की चादर. . .!!

बेतुका रिश्ता

मैं. . .जी रही हूँ
एक रिश्ता
बेतुका-सा. . .
जिसमें अनुरोध है
निमंत्रण है
और, आमंत्रण भी. . .

यकीन मानिए
यह एक हादसा है
टूटा. . .बिखरा-सा
पर, मीठा भी!

इसमें. . .समर्पण है
और, मनुहार भी
जो छुपे हैं शायद. . .
उदासी की गहरी परत के नीचे

हाँ, मैं
जी रही हूँ
वही. . .एक रिश्ता
बेतुका-सा. . .

लकीरें

हथेली पर
लिखते हैं
तेरा नाम. . .

और
मुस्कुरा देते हैं. . .

कभी देखते हैं
तेरे नाम को

कभी
हाथ की लकीरों को

और
मुस्कुरा देते हैं. . .

पिछले साल

बर्फ़ीली हवाओं को
करीब से महसूस करने
चली आती हूँ
पहाड़ों पर. . .
हर साल

पाइन के मोटे खुरदरे तनों के पीछे
छुप कर तुम्हें चूमना. . .
और. . .
फिर उसी शिद्दत से. . .
महसूस करना. . .
हवाओं में तैरती
पत्तियों में सरसराती. . .
आलिंगन की उस खुशबू को. . .

जिसे पिछले साल
यहीं कहीं
ऐसे ही. . .खामोश जंगल की
अंजुरी में
महकता छोड़ गयी थी।

फिर भी

वो. . .
मेरी ईमानदारी. . .मेहनत. . .
और हिम्मत को
हर दिन. . .
हर पल. . .
हर साँस. . . आजमाता रहा

मैं. . .उसकी उम्मीदों पर
खरी उतरती रही
हर बार!

लेकिन मेरा प्रेम. . .
मेरा समर्पण. . .
छूटता रहा पीछे. . .
शायद एकदम पीछे!

फिर भी, खड़ी रही मैं
साथ देने को उसका. . .
हर बार. . .हर मोड़ पर
आगे. . .
एकदम आगे!!

सुबह का सागर

आज सुबह

लहरों ने बुलाया मुझे
खेलने के लिए. . .
अपने साथ

कैमरा
चप्पल और थैली लेकर
जा पहुँची मैं. . .
सागर किनारे

लहरों की अठखेलियाँ खूब रहीं
कभी पैरों को
कभी कमर को
और. . .कभी मन को
भिगोती रहीं. . .

कभी मेरी
पीली चप्पलें छिपातीं
तो कभी कुछ सीपियाँ
और चिकने काले पत्थर
उपहार में दे जातीं
और कभी. . .
मेरे बनाए रेत के घरौंदे को
अपने आगोश में लेतीं

खिलौने-वाले रेत-घर को
टूटते देख
जब मन उदास होता

लहरें चुप्प हो कर
एकटक. . .
देखतीं मुझे. . .

फिर अनायास. . .
हठात् बढ़ता
लहरों का शोर
जैसे, कह रही हों-
पगली!
रेत और मिट्टी से
घर बनता है भला?
रेत से नहीं
दिल से घर बनाओ।

किरकिरी

वो. . .
कभी भी
सबसे सामने
मेरी पीठ नहीं ठोक पाया

उसको डर था. . .
मेरी बदनामी का?

उसका यही डर
मेरी ज़िंदगी की
किरकिरी बन गया. . .

उसको कैसे समझाती
ज़िंदगी में
इत्मिनान के लिए
शाबाशी
कितनी जरूरी है. . .

सुरक्षा

बलात्कार की ख़बर पढ़ते ही
चिल्लाए पिताजी- शाम पाँच बजे तक
घर आ जाना. . .फुल टाइम नहीं
पार्ट टाइम ही कर लो!
मैं कुछ नहीं बोली. . .

पढते ही छेड़खानी की ख़बर
पिताजी चिल्लाए- शाम पाँच बजे
बस स्टैंड पर राजू को भेज दूँगा
अकेली नहीं आना!
मैं चुप रही. . .

किडनैप की ख़बर पढ़ते ही
फिर चिल्लाए पिताजी-
खबरदार! अब से
बाहर निकली तो. . .
मैं नहीं संभाल सकता
अगले महीने शादी है!
मैं फिर चुप रही. . .

सोचने लगी. . .
क्या सचमुच
पिता के घर से निकल कर
पति के घर सुरक्षित हो पाऊँगी?

उम्मीद

सँवलाई शाम. . .
मटमैला सूरज. . .
अलसायी धूप. . .
उदास आँगन. . .
फूलों के रंग भी फीके

कल्पनाएँ
मानो हो गई हैं जंगल
मन का हिरण
दौड़ता हाँफता
लगा है थकने. . .
धुँधली पड़ने लगी हैं
मेरी अल्पनाएँ. . .

बावजूद इसके
मैंने
सहेज रखी हैं
मुठ्ठी-भर किरणें
निर्मल
सलोनी सुबह के लिए!!

भीतर की स्त्री

मेरे भीतर है
मेरे मन की स्त्री

कहती है प्रायः
एकांत में मुझसे-

तन के भूगोल से परे. . .
रसोई से हटकर. . .
बिस्तर से जुदा. . .
मेरा भी
एक अस्तित्व है!

पति-परमेश्वर के बिना. . .
एक कोख से अलग. . .
कौन हूँ मैं. . .?

चाहती हूँ प्रश्न का हल
मुझे मेरी ही दृष्टि से
बतलाए कोई. . .

मेरी परिभाषा क्या है?

मेरे भीतर फैलती
साहस की जड़ें
माँगती हैं मुझसे अधिक मिट्टी

मुझे अब
किसी समन्दर का डर नहीं
आँधी का खौफ़ नहीं
क्योंकि. . .
मैं जान गई हूँ

मेरे भीतर है
मेरे मन की स्त्री
जो अक्सर. . .
कहती है मुझसे
एकांत में–
मैं. . .
बहुत मजबूत हूँ!
वाक़ई. . .
बहुत मजबूत हूँ!!

छतवाला घर

यूँ तो
हमेशा से चाहा है मैंने
एक छत-वाला घर. . .
लेकिन
सर्दियों में ये चाहत
और भी गहरा जाती है

रंग-बिरंगे गमले
एक तिपाई और. . .
दो कुर्सियों से सजी छत।
अचार के मर्तबान
बड़ियाँ और पापड़ की रौनक. . .
थालियों में सूखते
साबुत मसाले की महक. . .

दरी पर गाव-तकिया लगाए
अधगीले बालों से
वेणी गूँथने की चाहत
मामूली भले ही लगे
लेकिन. . . महानगर में
इतनी भी मामूली नहीं. . .
ख़ासतौर पर
सर्दियों की गुनगुनी धूप में
तुम्हारे साथ
चाय की चुस्कियाँ और

भरवाँ परांठों का स्वाद लेना
तो कभी यूँ ही. . .
दरी पर लेटे-लेटे
जवान होती धूप को छूने की चाहत. . .
साधारण भले ही लगे
पर काफी महँगी है. . .

बहुमंजिली इमारत के
मेरे फ्लैटनुमा घर की
जँगले लगी दो खिड़कियों से
छन कर आती धूप
बिस्तर पर पहुँचने से पहले ही
दम तोड़ देती है. . .
और मैं. . .
धूप के दोशाले में
उसमाने की हसरत लिए
पसर जाती हूँ
रूम हीटर के आगे. . .।

माँ का तोहफ़ा

मेरे अकेलेपन की शिकायत पर
दिए थे तुमने. . .
ढेर सारे जीवंत पौधे!
कहा था- प्लास्टिक के फूलों से
ना सजाना कभी
अपना आशियाना, बच्ची!

आज भी पौधों को पानी देते वक़्त
याद करती हूँ तुम्हारे शब्द. . .
जब कोई फूल खिलता है. . .
लगता है-
तुम मुस्कुरा रही हो. . .
छतनार होती डालियों का
मीठा-सा स्पर्श!
लगता है प्यार से चूम रही हो
तुम. . .मेरा माथा
और फिर से साकार हो उठते हैं
वो विदाई के पल. . .

माँ! मैं अकेली नहीं हूँ
मैं अकेली हो भी नहीं सकती. . .।

ढलता यौवन

मुरझाने को है
यौवन की मंजरी. . .
फिर भी. . .श्रृंगार के दर्पण में
नजरें ढूँढ़ती हैं तुम्हें. . .
जानती हूँ. . .
पिघलने लगा है
मेरी ऊर्जा का ग्लेशियर. . .
सिमटता जा रहा है. . .
मन की इच्छाओं का पठार
गहराने लगी हैं आँखों के इर्द-गिर्द
उदासी की लकीरें. . .
पर. . .अभी भी भेजने का मन है
ख़्वाबों के काजल से
तुम्हें. . .एक मूक आमंत्रण. . .
इससे पहले कि वक़्त की सारी रेत
फिसल जाए मुठ्ठियों से
आओ! कुछ दूर
हाथ पकड़ कर टहलें
मुलायम घास पर. . .
जी लें गुनगुने अहसासों को
एक बार फिर. . .।

विदाई

जाते-जाते
कहा था तुमने-
ठीक से रहना बिटिया!
जल्दी ही
मैं फिर आऊँगी।

पर. . .
मैं जान गयी थी माँ
वो अंतिम विदाई ही थी

तुम नहीं आ पाओगी
मेरे घर अब. . .
शायद कभी नहीं. . .

रेलिंग का सहारा ले कर
घिसटते पाँव लिए
वो बेहद तकलीफ़ से. . .
तुम्हारा
एक-एक सीढ़ी उतरना. . .
और पलट कर
मेरी तरफ़ देखते हुए
मुस्कुराने की
नाकाम-सी कोशिश करना. . .

मैं पढ़ रही थी, माँ. . .

तुम्हारी मोतियाई आँखों में
छलछलाती
विवशता की नमी को. . .

तुम भी तो
समझ रही थीं न माँ. . .
झूठा है तुम्हारा आश्वासन. . .
लंबी बीमारी ने
जकड़ ली थी
तुम्हारे पाँवों की गति

मैं जान गयी थी माँ. . .
तुम नहीं आ पाओगी
मेरे घर
फिर कभी. . .।

मैं कहाँ थी

उस वक़्त
मैं कहाँ थी
जब
तुम मेरे साथ थे. . .
शायद किचन में. . .
सोचती रही
कल नाश्ते में क्या बनेगा?

तुम्हें,
टिफिन में
क्या पैक करके दूँगी?
फ्रिज में रखी
सारी सब्जियाँ
तैर जाती हैं आँखों के सामने
जामन का कटोरा
दरवाजे की कुंडी
बाथरूम में टपकता नल. . .
डरा देता है
बेसिन में इकट्ठा
जूठे बर्तनों का ढेर. . .
सुबह
कामवाली बाई
समय से तो आएगी न. . .?
सचमुच
ये सारे सच

मेरी देह की सच्चाई को
रख देते हैं किनारे. . .

ऐसे में. . .
मेरे भीतर उतरते तुम. . .
किसी घुसपैठिए से
कम नहीं लगते
तिस पर,
तुम्हारा पूछना,
अरे कहाँ हो तुम. . .?

मैं. . .तुम्हारी बाँहों में
सिमटी हो कर भी
अपने आपको
घर के हर कोने में
भटकता पाती हूँ. . .।

मुलायम किरणें

किसी की
तारीफ़ करने के लिए
ताक पर
रखना पड़ता है
अपने अहम को. . .
खींचकर लानी होती है
आँखों में
स्नेह की लकीरें. . .

सीधी नहीं
उलटनी पड़ती हैं
हथेलियाँ. . .
जिनसे निकलती हों
सिर्फ़. . .
मुलायम किरणें
प्रेम की. . .
समर्पण की. . .
सम्मान की. . .

परिधि

मुझे
न तुम्हें आजमाना है
न कुछ साबित करना है

इसमें महज
वक़्त की बर्बादी है!
मैं खुश हूँ
अपनी परिधि में

जहाँ
मुझसे मेरा 'मैं'
लगा है छूटने!

और
मेरा वजूद
फैलता जा रहा है
अपने
संपूर्ण व्यास में!!

सफ़र

लंबे-लंबे
डग भर कर चलने में
मंज़िल को
पाने की ज़िद होती है
लेकिन छोटे-छोटे
क़दमों में
महसूस होती है
ज़िंदगी की गति. . .

मैं. . .
न तो लंबे डग चाहती हूँ
और. . .न चाहत है
छोटे डगों की. . .
कुछ देर थमना चाहती हूँ
क्योंकि. . .
महसूस करना है मुझे
तुम्हारा प्रेम!
जिसके लिए
इस ज़िंदगी का सफ़र भी
कितना कम है. . .

नियति

टूटकर बिखरना
शायद
नियति थी मेरी. . .

क्योंकि. . .
इस टूटन की पथरीली राह
खुद ही तो चुनी थी
मैंने!

पल–पल के
इस बिखराव को
तुम्हारे आगे
ज़ाहिर न कर पाई कभी. . .

क्योंकि अक्सर
मेरी भीगी पलकों पर
ठहरी थी
अठखेलियाँ करती
तुम्हारी खुशी।

तीन अँगुलियाँ

यूँ तो. . .
अँगुलियाँ उठाना
जानते हैं सभी. . .

किसी पर अँगुली
उठाते वक्त. . .
तीन अँगुलियाँ
खुद की तरफ़ भी हैं
ये गणित
समझ आये तब तक. . .

हाथों की लकीरें
करवट ले चुकी होती हैं. . .!

मोम का रिश्ता

अब
स्वीकारना ही होगा
कि
हम-तुम. . . दोनों ही
जीते रहे हैं-
मोम का एक रिश्ता!

अपने इर्द-गिर्द
रोशनी बनाए रखने के लिए
जलते हैं
जब. . .जब. . .
पिघलते भी हैं
तब. . .तब. . .

और हर बार,
पिघलने की इस प्रक्रिया में
हमारा रिश्ता
खो देता है
अपना असली स्वरूप!
अपना मौलिक स्वरूप!

ताश का घरौंदा

नहीं जानती थी
ताश के घर में
रह रही हूँ मैं. . .
हर बार
एक झोंके से बिखर जाते हैं
राजा-रानी-इक्के. . .
और,
ढह जाता है पूरा घरौंदा. . .

एक बार फिर. . .
जहाँ से शुरू किया था
वहीं पहुँच जाती हूँ. . .
बिखरे पत्ते समेटती हूँ
नए सिरे से
बनाने को अपना घरौंदा. . .
कि / फिर कोई झोंका
इसे थरथरा सके. . .
शायद,
यही नियति है
इस घर की. . .।

मेरा तुम्हारा दफ़्तर

यूँ तो हम दोनों ही
मुलाज़िम हैं अपने अपने दफ़्तरों में. . .

मेरा दफ़्तर है,
मेरी रसोई ।
तुम्हारे दफ़्तर से बहुत अलग. . .
मेरे दफ़्तर का समय
शुरू होता है तब,
जब अलसुब्ह उनींदी आँखों से
औंधे मुँह पड़े होते हो तुम
बिस्तर में. . .

तुम अपने दफ़्तर में हो
नामी सुपरवाइजर
और मैं हूँ ,
अपने दफ़्तर की परफेक्ट अकाउंटेंट
जहाँ, रखनी पड़ती है मुझे
तेल और मसालों के अलिखित गणित पर
अपनी पैनी नज़र. . .
पचंफोड़न हो या
जीरा, धनिया, हल्दी, मिर्च और नमक
तेल कच्ची घानी का होगा
या रिफाइंड. . .
किसी एक का भी घटा-जोड़
गलत हो जाए, तो

डाइनिंग टेबल पर बैठे,
छोटे-बड़े, सभी बॉस
पलभर में ख़ारिज कर देते हैं
मेरी. . .
दिनभर की मुलाज़िमत

वैसे. . .अकांउटेंट के साथ-साथ
घरेलू वैद्य का
अतिरिक्त प्रभार भी है मुझ पर
खानपान बिगड़ा कि नहीं
बीपी, अल्सर, डाइबिटीज
या ओबेसिटी. . .हो जाने की चार्जशीट
कब मुझे मिल जाए नहीं जानती. . .
मेरे इस दफ़्तर में
एक दिन की भी छुट्टी नहीं. . .
न कैजुएल न मेडिकल
और न ही कोई शॉर्टलीव. . .
रविवार, सोमवार से कहीं ज्यादा बिज़ी
और शनिवार. . .रविवार से कहीं ज्यादा थकाऊ
कोई त्यौहार हो, तो
हालात बयान के बाहर हैं. . .

हां, बोनस मिलता है
समय-समय पर
तुम्हारे दफ़्तर से भी ज्यादा
जब बच्चों के रिज़ल्ट कार्ड पर
लिखा होता है 95 प्रतिशत. . .
और, तुम्हारी आँखों में
देखती हूँ अपने लिए
प्रशंसा और इत्मीनान का भाव. . .
और तब, लगता है
मैं एक मुलाज़िम तो हूँ
पर, तुमसे भी कहीं अच्छी. . .।

यू टर्न

छोड़ आयी हूँ
वो रिश्ता!

उसी मोड़ पर
जहाँ से कोई
यू-टर्न नहीं. . .
न दाएँ, न बाएँ
कुछ भी नहीं. . .

क्यों?
कब से?
कैसे?
किसके साथ?
कितनी देर?
कितनी बात?
उफ्फ़. . .
जाने कितनी जवाबदेही. . .

इतने बेरंग
और तानाशाह शब्द
कि रिश्तों के स्क्रीन की
पिक्चर ट्यूब ही
बिगड़ने लगी थी. . .
कैसे समझाती
कि रिश्ता. . .

बाँधने के लिए नहीं,
होता है
जीने के लिए. . .

मधुर रिश्ते का रिमोट तो
उसके हाथ था. . .

पॉज करके
जाने क्या
विचारता रह गया. . .

जबकि
प्ले का बटन दबाकर
वर्तमान के पलों को
बना सकता था
थोड़ा
और भी मधुर. . .

बादलों की साजिश

अभी-अभी तो खिली हुई थी धूप
चमक रहे थे सुनहरे मोती
झील के आगोश में. . .
जो बिखेरे थे सूरज ने
किरणों के दामन से. . .
पर यह क्या!

पलक झपकते ही
छितराये बादलों ने रच डाला षडयंत्र. . .
सूरज के खिलाफ़. . .
डाल कर काला दुशाला
अपहरण कर लिया
किरणों का. . .
खुशी से नाचती बूँदों ने
बाँध लिए पैरों में घुँघरू. . .
बज उठी सुरताल छोटे-छोटे ओलों की
झील के आँगन में. . .
और खुली आँखों से देखा मैंने. . .
रंजिश और साजिशें
जमीन पर ही नहीं
आसमान में भी होती हैं. . .

कल रात

कल. . .
बंद पलकों के हथकरघे पर
देर रात तक बुनती रही
ख़्वाबों की चादर. . .

न जाने कब. . .नींद ने
अपने मख़मली आग़ोश में
समेट लिया मुझे

सुबह जागी तो. . .
बिस्तर की
सिलवटों में रची-बसी ख़ुश्बू से
मालूम हुआ कि-तुम आये थे. . .
खूब चाहा कि तुम्हारी ख़ुश्बुओं को
कैद कर लूँ
मन के गलियारे में. . .
लेकिन तुम. . .
रेत घड़ी की मानिंद
बदल चुके थे
अपना समय. . .।

ग्रे शेड

अमूमन
हमारी जानकारी में होते हैं
सिर्फ़- दो रंग. . .
एक-सफ़ेद
दूसरा-काला!

हाँ. . .!
और, ना. . .!

पर, एक रंग
बीच का भी है. . .
और. . .
वो है ग्रे!
इस रंग में हैं-
किन्तु, परंतु, लेकिन, जैसी-
कई आशंका
और संभावनाएँ. . .

बहुत कम हैं
जो समझ पाते हैं
इस रंग की ख़ूबसूरती. . .
यूँ तो. . .
मँझा हुआ कलाकार
होता है सभी के अंदर. . .
जो मंच देख कर बदलता है रंग. . .

पर बहुदा. . .
हम नाप नहीं पाते
इन रंगों के संतुलन का पैमाना. . .

कि. . .कब?
सफ़ेद घुलने लगता है
काले में. . .
और कब?
काला घुलने लगता है
सफ़ेद में. . .
और बन जाता है ग्रे. . .
जिसमें दफ़्न होती हैं
कितनी ही हसरतें. . .

सच तो ये है
अपना वजूद खो कर भी
दुनिया टिकी है
इसी रंग पर. . .।

गाँठें

कई बार. . .
हमारी गर्दन पर
उभर आती है
कोई गाँठ. . .

ये डॉक्टर को दिखानेवाली नहीं
बल्कि खुद. . .
ध्यान से
आईने में देखने वाली होती है,
यह गाँठ होती है
अकड़ की. . .
जो अक्सर
गुस्से का घूँट पीते वक़्त
पिलपिला उठती है
हमारी गर्दन पर. . .

आक्रोश से गरदन
बहुत देर तक रहती है अकड़ी. . .
नहीं घूमना चाहती
दाँये भी नहीं-
बाँये भी नहीं!!
बीतता है वक़्त
गाँठों के भीतर गाँठे. . .
लगती हैं पसारने अपनी जड़ें . . .
रफ़्ता-रफ़्ता ये गाँठे

गर्दन ही नहीं
पूरे व्यक्तित्व की शोभा को
लील जाती हैं. . .

कई बार तो
छिड़ जाती है बहस. . .
अकड़ की नई गाँठों
और
अपनी जड़ें
बहुत गहरे जमा चुकी
सीनियर गाँठों के बीच. . .

और ऐसे में. . .
दिल से दिमाग़
तक के सफ़र की
चंद अंगुल की दूर
लगने लगती है लंबी
शायद बहुत लंबी. . .।

हसरतें

चलो, एक बार फिर तराश दो. . .
मेरे विश्वास के वट वृक्ष को!
बोनज़ाई बना डालो
मेरे प्रेम को. . .
बेपरवाह शब्दों की मीठी आरी से!
पर मत भूलो. . .
आईना
अपनी ज़ात के मुताबिक़
एक बार फिर. . .
दिखा ही देगा असली चेहरा. . .!

हमारे तुम्हारे दरमियान
फ़ैसले होंगे लफ़्ज़ों से
तब मालूम चलेगी
अपनी अपनी औक़ात. . .
कितने भरे हैं हम
और
कितने खाली हैं हमारे अहसास. . .!
जवान अरमानों के बीच
कितनी बूढ़ी हो चुकी हैं
हमारी शिकायतें. . .
आज, इस गुमान से ही
काँप रही है मेरी रूह. . .
कितनी उकताहट
और बेचैनी भरी है

दिलो–दिमाग में
कितने लाचार हैं हम. . .

टटोलती हूँ,
मन के किसी कोने को. . .
जो दर्ज़ कर रहा है हसरतें. . . . .
अगले पलों में जीने के लिए

और मैं
वो ही हसरतें सुनाने के लिए
गढ़ रही हूँ नए डायलॉग. . .
जो दिल के दरवाजे पर
बज रहे हैं
ज़ाइलोफोन की
मीठी तरंगों की तरह. . .
हर घड़ी
हर पल. . .।

पहले जैसा

बहुत आसान होता है
ये कह देना
या फिर मान लेना कि. . .
कुछ दिनों में
हो जाएगा सब कुछ ठीक-ठीक!
पर, सच तो ये है-
सब कुछ पहले जैसा नहीं रह पाता. . .।

तंज़ की तपिश से
कुम्हलाने लगती है
प्रेम की तुलसी. . .
सूखने लगती हैं. . .
संवाद की टहनियाँ
झुलस उठती हैं. . .
स्नेह की कोमल पत्तियाँ!

देर तक चुभती किरकिरी
आँखों से निकल भी जाये
तब भी दे जाती है. . .
आँखों में ताजा जख़्म. . .
धुँधलाने लग जाते हैं
कॉर्निया पर बनने वाले रिश्तों के प्रतिबिंब
और, वक़्त-बे-वक़्त
आँखों में उभर आता है बार-बार. . .
घायल संवेदनाओं का खारा जल!!

जानती हूँ
वक़्त का बेहतरीन आई ड्रॉप है मेरे पास. . .
जो आहिस्ता-आहिस्ता
जख़्मों को भरने में मदद तो करता है
पर, पलकों की चिलमन से झूलते
उन मोतियों का क्या करूँ
जो जब-तब आँखों से रेंगते हुए. . .
गालों पर उतर आते हैं!
जुल्फों के पेंच सुलझाती मेरी अँगुलियाँ
दबी जुबान से बुदबुदा उठती हैं. . .
सचमुच, पहले जैसा कुछ भी नहीं रहता।

एक बार फिर. . .
आँखों से जुबान तक
सब नमकीन हो उठता है. . .
गूलर के फूल की मानिंद प्रेम. . . .
फिर खिल नहीं पाता
शायद. . .कभी नहीं।

बिल्कुल भी आश्चर्य नहीं हुआ

नहीं!!!
मुझे बिल्कुल भी आश्चर्य नहीं हुआ. . .
जब तुम्हारे हाथ का कौर
हाथ में ही रह गया. . .
और, बेहद शातिराना तरीके से चेहरे पर,
मासूमियत का मुलम्मा चढ़ाते हुए,
अपनी अंजुरी बढ़ा कर
कहा था तुमने–अन्न है मेरे हाथों में!
मैंने झूठ नहीं बोला,
मैं झूठ बोल ही नहीं सकती. . .।
तुम्हें यूँ अन्न का सहारा ले
झूठ बोलते देख कर
मुझे बिल्कुल भी आश्चर्य नहीं हुआ।

ठीक उस पल
मेरी आँखों के सामने नाचने लगे थे
वे अनगिनत बेगुनाह चेहरे. . .
जिन्हें गुनाहगार साबित करने के लिए
ईमानपरस्त होने का ढोंग करने वाले कई लोग
गीता–कुरान पर हाथ रख कर खाते हैं
सच्ची लगने जैसी झूठी कसमें!
झूठी गवाही पर कितने ही लोग
बेवक़्त
अपनी नाकाम हसरतों के साथ. . .
हमेशा के लिए दफ़्न हो जाते होंगे. . .

शून्य में खो जाती होंगी उनकी उम्मीदों की चीखें. . .
आक्रोश से बुदबुदाते और उदासी से मुरझाए
चेहरों के साथ. . .।
नहीं. . .मुझे बिल्कुल भी आश्चर्य नहीं हुआ.।

मैं तो कल फिर से
कागज़ की नाव में
संघर्ष की पतवार थामें
आ ही जाऊँगी. . .
तुम्हारी तेज़ाबी नदी में उतरने के लिए. . .
निगलने के लिए
फिर से. . .साझा निवाला!
पर जब-जब भी
तुम्हारे झूठ के सफ़ेद फाहे
चहलकदमी करते नजर आएँगे
मेरे चिंतन पटल पर
शायद मुझे नहीं होगा
बिल्कुल भी आश्चर्य. . .।

बातें

कुछ बातें
तो होने लगती हैं. . .
वक़्त से पहले ही!

और
कुछ बातें. . .
वक़्त बीत जाने के बाद भी
नहीं होतीं
सही वक़्त पर
सही बातों का होना
महज एक इत्तेफ़ाक़ होता है. . .

वैसे. . .सच तो यह भी है
ऐसे सुखद इत्तेफ़ाक़ का फ्रेम
अमूमन खाली ही रहता है!

जब कभी
कोई सोच
खिसकने लगती है
अपनी धुरी से
तो, आँखों में पानी नहीं. . .
रेत का समंदर
उतरने लगता है. . .
और तब,
बैठे-बिठाये

सपने होने लगते हैं बंजर. . .

सोचती हूँ. . .
कितना अजीब है
बातों का फलसफ़ा

कुछ बातें तो,
कभी भी
जुबान तक आ ही नहीं पातीं. . .

वक़्त से
पहले भी नहीं. . .
वक़्त के
बाद भी नहीं. . .

और
सही वक़्त पर तो
बिल्कुल भी नहीं. . .।

ख़ामोश तलहटी

यादों के गहरे समंदर में झिलमिलाती
रंगीन मछलियों-सी हमारी बातें. . .
अब
मौन के छिछले
दलदल में धँसने लगी हैं!
घोंघे के मुँह की तरह
खुलते और बंद होते
हमारे संकोच. . .
न जाने किस खोह की तलाश में
नए ठिकाने खोजने लगे हैं!

खामोशी की उस तलहटी में
अब भी
जब कभी रामचिरैया-सी उड़ती
हमारी नज़रें टकरा जाती हैं
एक दूजे से. . .
बहुत-सी अनकही और उलझी बातें
तैर जाती हैं सायास ही
मानस पटल पर!

बेबाक़ शब्दों से
उठती द्वेष की लहरें. . .
भीतर-भीतर उफ़नता
अहंकार का ज्वार. . .
लील जाता है दोनों को ही!

और. . .
सीपियों की तरह ढुलकते-सरकते हम. . .
खोजने लगते हैं
एक शांत-सा किनारा. . .
इस उम्मीद में. . .
कि / शायद एक बार फिर. . .
हमारी ख़ामोशी
किसी रेडियम फिश की तरह
जगमगाती ख़्वाहिशों की
मीठी लहरों में
डुबकी लगाने लगेगी. . .

शायद कि मिल सकेगा
उदास नाव की पतवार को
फिर से
विश्वास की लहरों का
मजबूत सहारा. . .
शायद कि. . .।

बैसाखियाँ

ऑफ़िस में ज्वॉइन करते ही
बता दिया गया था मुझे-
क्युबिकल में वो. . .
सामने-वाली है तुम्हारी सीट. . .
और, उधर. . .
कोने में रखी हैं बैसाखियाँ!!!

मेरी आँखों के प्रश्नचिन्ह को भाँप कर
कहा था तुमने-बच्चे!
बहुत चिकना है इस ऑफ़िस का फर्श!
जरा-भी. . .
तेज चलने की कोशिश मत करना
वरना, गिरोगी औंधे मुँह
एक दिन।
मैंने निःस्पृह भाव से
थाम ली थीं बैसाखियाँ. . .

हद तो तब हो गई,
जब मेरी मजबूत टाँगों से
उठने लगा मेरा विश्वास. . .

क्या चाहा तुमने

जकड़ना चाहते थे तुम!
वे सभी सपने
जिन्हें खुली आँखों से देखना चाहा मैंने. . .
और मैं. . .इसी जकड़न में
तलाशती रही तुम्हारा प्रेम. . .
रोकना चाहते थे तुम
मेरे भीतर उमड़ती नदी के बहाव को. . .
जो अपने वजूद के मिटने की चिंता के बग़ैर
तुम्हारे
स्वच्छंद समंदर से मिलने को रहती थी
हमेशा आतुर!

तुम्हारी हर बाध्यता में
ढूँढ़ती रही मैं. . .तुम्हारा सानिध्य. . .
तुम सुनाना चाहते थे मुझे. . .मेरी गलतियों का राग. . .
उफ़! मेरे प्रेम गीत
तुम तक कभी पहुँचे ही नहीं?
मेरी उर्मियों को कर लिया था तुमने
अपने अंहकार की मुट्ठियों में क़ैद. . .
मैं महसूसती रही. . .
मेरी ग़लतियाँ आख़िर थीं कहाँ?

आग़ोश

आज
सुबह की
गुनगुनी धूप में. . .
कई बार महसूस किया
वो
प्रेम-आलूदा
स्पर्श तेरा. . .

मेरे आँचल में
सिमट गई
किरणें धूप की. . .
और
मैं. . .
महसूस करती रही
आग़ोश तेरा।

तब्दीलियाँ

ज़िंदगी में
कैसी हैं ये तब्दीलियाँ?

खामोशियों में मुझे
सुनाई देने लगा है शोर. . .
और. . .
भीड़ के बीच
होने लगी है ख़ामोशियों की बसर. . .

सिमटने लगी हैं
ख़्वाहिशें. . .
दम तोड़ने लगे हैं
कहकहे. . .

और मैं. . .
रेत के टीले की तरह
आँधी के तेज बहाव में
उड़ कर बसने लगी हूँ
अलग-थलग
जहाँ-तहाँ. . .
अपनी जगह छोड़कर।
नफ़रत की धूल से भरी
प्रेम की इस आँधी को समझना
मेरे लिए मुश्किल है
शायद, बहुत ही मुश्किल।

भटकने लगी है ज़िंदगी
और मैं. . .
उस भटकाव में खोजने लगी हूँ
अपना सुकून. . .
तलाशने लगी हूँ
उसी निश्छल प्रेम को
जो कभी अहंकार,
कभी संकोच
तो कभी ईर्ष्या की तह में लगा है दबने . . .

शायद ज़िंदगी में फिर से नमूदार हों
कुछ तब्दीलियाँ. . .
स्नेहिल हवा का कोई मजबूत झोंका
उड़ा दे–अहंकार, संकोच और ईर्ष्या के
किरकिरे गरम रेत की तहें!
फिर से अंकुरित हो उठे
प्रेम और विश्वास का नन्हा पौधा. . .।

बेखौफ़ दुनिया

मैं जब भी. . .
होती हूँ अकेली. . .
तो, ज़रूरत से ज़्यादा
सक्रिय हो उठती हैं
मेरी सारी इंद्रियाँ. . .

उग आते हैं मेरे
दो की जगह. . .
चार कान
और, मुझे देने लगता है सुनाई
काफ़ी कुछ. . .
जाने क्या-क्या. . .
अनसुना-सा. . .

देखने लगती हैं आँखें
दीवारों के आर-पार. . .
पढ़ने लगती हैं ज्योत-शास्त्र. . .
भूत ही नहीं
दिखने लगता है. . .भविष्य भी. . .
जिह्वा तनाव में
न जाने कौन से स्वाद चखने को
हो उठती है आतुर. . .
दिल कठोर
और,
तन हो जाता है फ़ौलाद-सा

मेरे नथुने
मोंगरे जूही को नहीं
बल्कि खोजने लगते हैं. . .
किसी सड़ाँध को. . .

मैं खुद को बेहद सिमटा हुआ
और. . .
कई तालों में कैद पाती हूँ
बढ़ जाती है मेरी जिम्मेदारी. . .
खुद मेरे प्रति।

बेफ़िक्री और आराम
हो जाते हैं मुझसे कोसों दूर. . .
पपड़ाए जख़्म होने लगते हैं
ताज़ा
रंगत. . .पड़ने लगती है
पीली. . .
भीतर, खौफ़ के नुकीले काँटे
लगते हैं चुभने. . .

मेरा वजूद
मुझ पर ही करने लगता है
अट्टहास. . .
औरत होने के अहसास की खाई
लगती है और भी गहराने. . .

ऐसे में मन तलाशने लगता है
उस आकाश को
जहाँ. . .
अकेले होने के बाद भी होती हो
बेखौफ़ दुनिया. . .!

एक बेफ़िक्र दुनिया. . .!

बेसुरा मिज़ाज

हमारे मन के तार
फिर कभी नहीं जुड़े,
मैं जो भी कहती
वो नहीं सुनता,
वो जो-जो कहता
मैं अनसुना कर देती।

उसकी आवाज़
फिर कभी
रेशमी नहीं हुई
गले में एक फाँस थी. . .
कहे गए शब्दों की
एक सदमा था
सुने गए वाक्यों का. . .

उसकी
मौन मुस्कान की चिलमन से झाँकते
बेसुरे मिज़ाज को
सिर्फ़ मैं पढ़ रही थी
हम फिर कभी
पास-पास नहीं बैठे,
दर्द अपनी गति से विस्तार लेता रहा. . .
पहाड़ों पर जमी उथली बर्फ़ के
पिघलते ग्लेशियर की तरह
रिसती रहीं उसकी शिकायतें. . .

वक़्त का मिज़ाज बदला
बहने लगे
हमारे भीतर समाहित गहरे घाव
नदी बन कर. . .
अपने-अपने हिस्से में आए दर्द को
हम जीने लगे थे अब. . .

बर्फ़ीले मौसम में ये दर्द
किसी ईंधन की तरह लगने लगा
शायद
अब किसी का दख़ल
हमको नहीं चाहिए था,
न कोई सहानुभूति,
अब अक्सर आँखों में
हिलोरे मारता रहता है
जमी बर्फ़ के
पिघलते ग्लेशियर का समंदर. . .!

ज़हर

बूँद बूँद समेटा था उसने
ज़हर को

समाज का ज़हर. . .
रिश्तों का ज़हर. . .
मतलबी दोस्तों का ज़हर. . .
प्यार के नाम पर मिले धोखे का ज़हर
यानि
ज़िंदगी के घर अँधेरे पहलू का ज़हर।
ज़हर से भरी कोटरी
बिस्तर के सिरहाने ताख़ में रख
टूटे अहसास की मोटी चादर ओढ़कर
हर रात सो जाता था वो. . .

और फिर यूँ हुआ एक रात. . .
नींद में उसका हाथ लगा
ज़हर-भरी कटोरी पर. . .
लुढ़क गई. . .कटोरी
और
बजबजाता हुआ सारा ज़हर
फैल गया उसकी जुबान पर. . .।

घाव

अक्सर जब. . .
उसकी जुबान पर तड़पते हों
फटे बेलपत्रों से बेकार सवाल
और
आपकी आँखों में तिरमिराते हों
दूब से मुलायम जवाब. . .

उसके शब्दों में
उगने लगे नागफनी
लिहाज का आवरण फाड़कर
झाँकते
भद्‌दे बेबाक शब्दों से
झरने लगें
फटे गूलर के कीट. . .
और आप. . .होते हों चोटिल. . .
संवेदनाएँ. . .
मॉर्निंग रोज़ की तरह दम तोड़ने लगती हों. . .
और, बेअसर होते आपके आँसू
जाकर छुपने लगें
कमल नयनों की पोरों में. . .
तो ठहर जाइए!
क्योंकि. . .दिल में उठती टीस
इशारा कर रही है. . .
आप दोनों के रिश्ते की क्यारी में
उग आई हैं बेपनाह. . .

बाँस की मजबूत काँटेदार झाड़ियाँ. . .

यूँ तो
जानते आप दोनों ही हैं
कि. . .नहीं महकेगी प्रेम की बगिया अब. . .
कि. . .नहीं फुदकेंगी मैना फाख़्ता भी. . .
नहीं सुनाई देंगी
कबूतरों की मद्धिम गुटरगूँ और. . .
कोयल की कूक. . .
लेकिन
एक दूजे के साथ गुज़री
मीठी यादों का सूरज
हर सुबह
अपनी किरणों का मरहम
लगाने आएगा जरूर. . .
और शनैः शनैः
भरने लगेंगे
प्रेम के घाव. . .!!

नौकरी जैसी नौकरी

सोचा, कल से मैं भी
नौकरी को
सिर्फ़ नौकरी जैसा ही करूँगी. . .
नहीं घुला होगा उसमें. . .
जुनून का तेज नारंगी रंग
न होगा. . .
ऊँचाइयों को छूने का आसमानी जज़्बा
सुन्न होते मेरे चित्त को
नहीं करेगा आंदोलित
कोई भी फिरोज़ी ख़्वाब. . .

बॉस के कर्कश आदेश के बावजूद. . .
किसी भी बेरंग टाइम-बाउंड परियोजना पर
अब जी-जान लगाने की
नहीं होगी कोई मेरी मंशा. . .
यहाँ टारगेट मीट और उबाऊ डेडलाइन
के सिवाय कोई लक्ष्य नहीं।
संवेदना और वेदना की कोई जगह नहीं. . .
सिर्फ़ है, हिस्सेदारी और भागीदारी. . .
अपमान की मटमैली हरी काई पर
किसी भी हद तक. . .
गिरने और गिराने का खेल,
ओहदे की हवस. . .
लच्छेदार बातों का जाल ही नहीं
और भी कई कोशिशें,

तोड़ मरोड़ देती हैं जो तन-मन को गहरे तक. . .
फिर भी हर सुबह, सुनती हूँ-
घड़ी के सफेद डायल पर
सुनहरी सुइयों की दस्तक. . .
और फिर से
चकरघिन्नी-सी दौड़ती पहुँच जाती हूँ ऑफिस।
पता नहीं कौन खींच लेता है मुझे. . .
आत्मसम्मान से लबरेज़ मेरा वज़ूद
या गुलाबी नोटों की गर्मी!

पर अब, महसूस करना चाहती हूँ
नौकरी के समानान्तर एक सतरंगी संसार. . .
सुकून की निर्मल दुनिया
जो ऑफिस वर्क की
डेड लाइन पूरा करते-करते. . .
न जाने कहाँ खो गई. . .
सभी रंगों के जज़्बातों को समेटते
काले रंग की तरह!

दस्तूर

सँजो कर रखे थे-
बहुत से ख़्वाब. . .
छोटे-मोटे वादे
नोक-झोंक भरी बातें
कुछ झगड़ों के हिसाब. . .
अबोले वक़्त के
रेतीले लम्हों में
कुछ न कह पाने की
छटपटाहट . . .
वो कसमसाहट
मजबूरियों का दस्तूर
लिहाज का पर्दा
कभी. . .
बेपरवाह उड़ते शब्द. . .
और कभी,
जहाँ-तहाँ बिखरी पड़ी
शिकायतों को
सुलझाने की कवायद. . .

सब संभाल रखा है मैंने. . .
नहीं भूली हूँ. . .कुछ भी. . .
न ही माफ़ कर पाऊँगी
कर रही हूँ हस्ताक्षर
दिल के झीने दस्तावेज़ पर
आँसुओं की सुर्ख़ सियाही से

कि. . .
आज से,
अभी से
कोई वास्ता नहीं
मेरा तुम्हारा!!!

पर, तुम्हारी यादों की
उस अमानत का क्या करूँ
जो जब-तब. . .
पलकों के भारी होने पर. . .
अकसर
अपने होने का
अहसास करा देती हैं मुझे. . .
और मैं
जुदाई के
इस अबूझ दस्तूर की
पहेली बुझाने लगती हूँ. . .।

फ़र्क़

उसके होने से
पड़ता है
मुझे फ़र्क़. . .
उसके नहीं होने से भी
मुझे फ़र्क़ पड़ता है

इसीलिए मेरे लिए
ये फ़र्क़. . .
उसे दूसरों से जुदा करता है

इसी फ़र्क़ को
मैंने कई बार
उसके लिए
ओढ़ा और बिछाया. . .

ये फ़र्क़ मुझे कभी
उसके क़रीब ले गया
तो कभी
खड़े पाया उसे. . .
अजनबियों की कतार में!

पीला कनेर

ऑफिस से कुछ दूर
पीले कनेर की झाड़ी के पास आकर. . .
मेरे क़दमों की रफ़्तार पड़ जाती है कुछ धीमी. . .
न चाहते हुए भी हमेशा हो जाती हूँ लेट. . .
क्योंकि हर बार. . .
कलफ़ लगी साड़ी की कूची में
फँस जाती है बिछिया. . .
कसमसाने लगती हैं पैरों की अँगुलियाँ. . .
खोने लगती है पायल की रूनझुन
गाड़ियों के हॉर्न के बीच. . .
और मैं. . .सोचने लगती हूँ–
नौ से पाँच वाली इन राहों का रुख़
अगर, एक बार बदल दो तुम. . .
तो मैं. . . मिल जाऊँ तुम्हें
पीले कनेर के उसी मोड़ पर. . .
ड्योढ़ी पर सूरज चढ़ते ही
भेजूँ. . .तुम्हें प्रेम निवेदन. . .
वक़्त ही वक़्त हो हमारे पास. . .
और हो. . .हमारे अपने वक़्त में
हमारा अपना
सुर्ख़ रोमानी संसार. . .!

दिन का हिसाब

दिन-भर आसमान की अलगनी पर
टँगा सूरज
अब हो चला है मटमैला नारंगी!

बुराँश के पेड़ों ने भी
दिन भर के
हिचकोलों के बाद. . .
अलसा कर
पसार दिए हैं अपने पाँव!

परिंदे थक-हार कर
लौट आए हैं
अपने घोंसलों में!

और मैं. . .
एक बार फिर. . .
बालों पर
उतरती चाँदी से
कुल-जमा उम्र में
घटते एक दिन का
हिसाब माँगने लगी।

कुछ भी नहीं बदला

और. . .फिर ये हुआ
मेरे बहुत चुप रहने पर
बढने लगीं. . .
गलतफ़हमियाँ!

सिमटने लगा. . .
रिश्ता
उसने वो भी सुना
जो मैंने कभी कहा ही नहीं!

राम नहीं था वो
जो पढ़ लेता
ख़ामोशी में डूबी
मेरी अटूट
आस्था का पहाड़ा!
शबरी-सी आस
या
सीता-सा प्रेम
कैसे समझ पाता. . .?

उगने लगीं नफ़रतें
कुकुरमुत्ते-सी!
जहाँ-तहाँ
घर के हर कोने में बिख़री
उसकी सारी चीज़ें

निकाल कर
फेंक दी मैंने. . .
अपने घर के बाहर,
चलती सड़क पर
तो, कभी दूर. . .
हाइवे पर

दिन बीता
हफ़्ते. . .
फिर महीने. . .
छह की छह ऋतुएँ देख लीं
कुछ भी
धुंधला नहीं हुआ. . .
न हरसिंगार-सी
उसके प्रेम की महक. . .
न शूल-सी चुभती
उसकी बातें. . .!

एक उम्र में

जब कोई मर्द कहता है–
सुनो!
मुझे तुमसे बेइन्तहा मुहब्बत है!
औरत चाह कर भी नहीं पढ़ पाती
मर्द की आँखों की सलेटी पुतलियों को. . .
जो घूमती हैं तेजी से. . .
पलभर में नाप लेती हैं औरत की हर गहराई को. . .

प्रेम में बौराई औरत तय ही नहीं कर पाती
ये ख़ूबसूरत इश्क़ कितने वक़्त के लिए है ?
भूल जाती है वह सब कुछ. . .
पकाने लगती है ख़्वाबों का सालन. . .
तैयार करती है दस्तरख़्वान. . .
और. . .दे डालती है निमंत्रण
प्रेम का स्वांग–भरे उस मर्द को. . .
कटोरी–भर लम्हे साथ बिताने के बहाने
अपने आग़ोश में
जाने कब भींच डालता है उस औरत को. . .
मसल देता है
पसलियों में साँस लेते जज़्बातों को
इश्क़ का खारा समंदर
पार नहीं कर पाती औरत. . .
अपनी ही पतवार से तोड़ती है अपनी नाव. . .
कुचलती है अपने ही हाथों अपनी प्रेम की दुनिया. . .
बन जाती है मर्द की निगाह में

एक बदज़ात औरत!

औरत जो, कभी डूबी रहती थी
झरने के पानी-सी मर्द की मुहब्बत में. . .
जकड़ लेती है उसकी रूह को बेरूख़ी की नमी. . .
तब्दील हो जाता है इश्क का समुन्दर
नमक की कंकरीली चट्टान में. . .
महसूस नहीं कर पाती फिर कभी
पहले जैसा. . . अपने भीतर
कॉफ़ी का गरम-गरम उफ़ान
उड़ कर पहुँचने का आवेग. . .
कुछ नया करने का ज्वार. . .
अनकही बातों का बर्राता शोर. . .
न महसूस करती है-
सीने के मस्तूल पर तूफ़ान की दस्तक. . .
पसर जाती है सर पटकती लहरों-सी. . .
ओढ़ लेती है रेत की किरकिरी चादर
हमेशा-हमेशा के लिए!!

कुरकुरी मठरियाँ

हर बार की तरह
इस बार भी तुम कह कर गए थे. . .
वापस आकर सुनोगे मुझसे
एक नयी कविता. . .

पर, सॉरी डियर!
नहीं लिख पाई इस बार
एक भी पंक्ति कविता की
करती रही बातें. . .कलछी सिलबट्टे से
जो लंबे समय से
रसोई की रैक में सजे पड़े हैं
आज इनसे करनी है–कविताई. . .
तलनी हैं ढेर सारी मठरियाँ
डालने हैं मौसमी अचार. . .
पीसना है ताजा मसाला
ताकि तुम आओ तो
चाय के साथ कुरकुरी मठरी
लहकते हुए चूमे तुम्हारे होंठ
और भर जाए स्वाद
मेरे मुँह में
तुम्हारी चटपटी बातों का. . .।

एक चौथाई छोटा चम्मच

कुछ है जो
छूट गया है
पीछे. . .

कुछ है जो
बढ़ गया है
आगे. . .

पर कुछ है, जो
अभी भी ठहरा हुआ है
स्थिर-सा. . .
बेस्वाद-सी इस ज़िंदगी में

बाकी है अब भी. . .
उसके प्यार का
जायका
एक चौथाई छोटा चम्मच
गरम मसाले-सा!!

बदमाश सहेलियाँ

न जाने क्यों. . .
उन बदमाश सहेलियों के साथ
उम्र और वक़्त दोनों को पाती हूँ
ठहरा हुआ. . .
न शब्दों का बंधन, न सुरों की बेड़ियाँ. . .
अनौपचारिकता की खुली सीमा के इर्द-गिर्द. . .
बिना किसी उकताहट के
गुज़रना वक़्त का बेलौस. . .बिंदास!
यौवन और उम्र की
छीजती दहलीज के बीच. . .
हल्की-सी खालीपन की ख़लिश को
अक्सर भर देना उन बेबाक ठहाकों से!
बह उठती हैं हम-सब मीठे निर्झर-सी,
कोलाहल के उन्मुक्त उपवन में. . .।
इस रिश्ते में लिहाज का
ओछा आवरण नहीं. . .
और न है किसी तरह की
कोई ख़ास सब्जैक्ट लाइन
जो देर तक खटखटाती रहे
दिमाग का दरवाजा!
न समाज बदलने का जिम्मा
न किसी मोर्चे की ठेकेदारी
न कोई गुरू, न कोई शिष्य. . .
उच्श्रृंखलता के घुँघरू बिखर जाते हैं. . .
अक्सर यूँ ही बेचैन होकर

जी लेना चाहती हैं हम
अपने अपने हिस्से में आई खूबसूरत जिंदगी. . .

चिप्स-बिस्किट की छीना-झपटी
या गुदगुदाते तंज की फुहार के बीच. . .
हर सीमा लांघकर भी. . .
जाना चाहती हैं उस पार. . .
जहाँ कोई तानाशाह नज़रें
नहीं कर सकतीं हमारा पीछा. . .
न बच्चे की नैपी बदलने का झंझट
न सास-ससुर का सत्संग. . .
और न ही, पति की शिकायतें. . .
ओए! अबे! और. . . छोटी-मोटी
गालियों-भरा संबोधन भी
सुकून दे जाता है. . .
उन तनावी-भरी दबी खामोशियों को
जो खोलना चाहती हैं जुबान. . .
कभी-कभी।

www.ingramcontent.com/pod-product-compliance
Lightning Source LLC
LaVergne TN
LVHW051105051026
849532LV00004BB/1443